UMA CARTA DE DEUS Para você

Sérgio Ricardo Gomes

UMA CARTA DE DEUS PARA VOCÊ

Sérgio Ricardo Gomes

FORMIGA - MG

2017

Editor: Sérgio Ricardo Gomes
Ilustrador: Sérgio Ricardo Gomes

Contato com o autor (e-mail): professor.sergio.adm@gmail.com

Publicado Por:

Escritormúsico Produções (Editora Independente, do autor)
Caixa Postal 07 – CEP: 35.570-970 – Formiga/MG – Brasil
Tel (37) 99170-6167 / (31) 97175-1724
Site: http://www.administrar-online.blogspot.com.br

G663u

GOMES, Sérgio Ricardo.
    Uma carta de Deus para você / Sérgio Ricardo Gomes.
– Formiga / MG: Escritormúsico Produções, 2017.

    ISBN: 978-85-918808-3-6

    60p. 21cm x 15cm

    1. Literatura brasileira – Aspectos Religiosos.
        Cristianismo. I. Título

                                        CDD: 211

Dedicatória

A DEUS.

A todas as pessoas de boa vontade.

À Roseli, minha amada esposa.

Às minhas amadas filhas, Déborah e Stéffanny.

A todos os meus amigos.

"O Espírito do Senhor DEUS está sobre mim; porque o SENHOR me ungiu, para pregar boas novas aos mansos; enviou-me a restaurar os contritos de coração, a proclamar liberdade aos cativos, e a abertura de prisão aos presos". (Isaías 61:1)

Capítulo 1

Pra começo de conversa.

Olá, tudo bem com você? Espero que sim. Para mim, apesar de um pouco triste, tenho algo a lhe dizer. Está disposto a passar algum tempo a ler esta minha carta? Se sim, que bom. Fico muito feliz por sua atenção, finalmente conseguiu dar um tempo pra você mesmo. Vou abrir meu coração e lhe dizer o que estou sentindo de uns tempos pra cá. Desde já agradeço pela sua atenção. Não vou tomar muito o seu tempo, ok?!

>>

Todos os dias saio pelas ruas, para caminhar um pouco e fico olhando as pessoas e tudo ao seu entorno. É incrível o egoísmo refletido. Uma correria, uma frenesia, sei lá, não tenho

palavras para descrever. Se esquecem de viver e se preocupam com o que vão comer, com o que vão se vestir, como vão fazer para pagar essa ou aquela conta, uma situação desvairada.

Vejo a tristeza nos rostos de cada pessoa diante das condições as quais o mundo vem vivenciando. A violência é extraordinária. Demais! Pessoas são assassinadas a troco de nada. Discussões sem sentido. Brigas por poder, quem pode mais engole o outro. Esqueceram o porquê de sua existência e só pensam em si. Não enxergam o sagrado em cada situação e só se lembram do "Divino" quando estão em apuros. Que desgraça vivem as pessoas que só pensam em si! Vivem as doenças do físico e apodrecem sua alma, seu espírito, pelo seu modo de viver sem se preocupar, com as gastanças desenfreadas e os diversos meios ademais egoístas, mesmo que inconscientemente. Não se lembram de suas origens. Esquecem que todos, sem exceção, são imagem e semelhança de Deus. Até mesmo o ladrão. Até mesmo o assassino. Até mesmo a prostituta. Até mesmo o/a gay. Todos! Sem exceção.

Porque vocês são assim, meus filhos? Se esqueceram do primeiro amor? Por que me abandonam? Estou aqui para sempre. Sou invisível como o ar que você respira, mas estou aqui. O ar está aqui. Prenda a respiração por um instante e sentirá falta dele quase que instantaneamente e num impulso involuntário você retomará a respiração, independentemente de seu querer. Sou mais importante que o ar que você respira. Por que você não me sente?

Faça a experiência: Pare de fazer tudo o que está fazendo agora e deixe eu entrar em seu coração. Sinta-me como o ar que entra em seus pulmões. Perceba que o ar te faz falta significativamente. Se assim considerar minha falta, poderás observar que sou tão importante em sua vida quanto o ar que respira.

Antes que você pensasse, *EU SOU!* *EU FUI!* *EU VOU!* No banheiro de sua casa, no fundo do oceano, no mais longe do espaço sideral, lá estou te observando, em qualquer lugar. Não lhe tiro a liberdade de agir, mas não pense que não sinto dor por suas enfermidades. Sim. *EU SINTO.* Quando você chora, eu estou ao seu lado a te consolar. Por que não me sentes? Simples! Você não me deixa fazer sentir. Você procura a maior parte das vezes enxergar somente com os olhos físicos. Não me enxerga com a fé. Sua fé é o dinheiro. Sua fé são as bonanças da vida fácil ou mesmo da vida difícil conquistada com seu suor, mas sem a oferta generosa da sua entrega a mim, como sua fonte de graça e força.

Em toda a história do mundo e do universo, todo aquele que deu sua vida por mim na verdade foi penalizado por isso. Foi castigado. Porque meu mundo é outro. Meu reino não é material. É feito de glória infinita, de felicidade eterna, de ausência de dor. Ao contrário do que diz o velho ditado: "A verdade vos libertará", ela não liberta das dificuldades materiais da vida. A libertação citada é da casca humana. Esta verdade que digo é a verdade que liberta a alma das imundices mundanas para a vida eterna. A vida em abundância COMIGO, junto com todos os merecedores da glória nos céus, ao MEU lado, ao lado de teu DEUS, o Deus de Israel, de Jacó, de Moisés, de Abraão, o Deus do antigo testamento e o Deus do novo testamento, Creia!

Todos os dias, eu estou nas ruas caminhando e ninguém me percebe. Ninguém me vê. Estão todos ocupados com seus afazeres, com sua correria, com seu cotidiano. Eu estou no cachorro que olha piedosamente para o homem pedindo um pedaço de seu lanche. Eu estou no mendigo que lhe pede um trocado. Eu estou na formiguinha que você passa o pé e a esmaga como se fosse algo inútil. Eu estou no seu coração, mas você não me sente pulsar. Eu estou em todo lugar, mas você não me percebe.

Se chove está ruim. Se faz sol está ruim. Se está frio está ruim, se está calor também. Você reclama de tudo, incrível! Por que não me aceitas como sou? Eu sou o frio, o calor, o sol, a chuva, o vento, a tempestade, as árvores caídas, o cachorro, o gato, as pessoas, a lua, as estrelas, o extraterrestre, as galáxias. Eu sou a dor e o remédio. Eu sou a alegria e a tristeza. Eu sou a saúde e a doença. EU SOU AQUELE

QUE SOU, QUE SEMPRE FUI E QUE SEMPRE SERÁ.

EU SOU a energia que move a engrenagem, sou a água que gira as turbinas, sou o vento que move a hélice, sou seu computador que funciona. Sou a imagem. Sou a claridade e a escuridão. Estou na sua frente o tempo todo e você não me vê. Abra seu coração e me busque. Me enxergue com seu coração! Bata à porta e me encontrarás. Peça e lhe será dado. Acredite e não perca a fé. *EU SOU O*

OBJETIVO. Se fizer com fé o seu planejamento, EU o ajudarei a conquistar. Deixe que eu entre em sua vida como o ar entra em seus pulmões. Não deixe de fazer o seu trabalho do cotidiano, como já faz. Garanta seu sustento e o sustento de sua família. Mas quando assim o fizer, não se esqueça de MIM. Sou o trabalhador que labuta ao seu lado. Sou o patrão que lhe aborrece. Sou aquele que você encontra pela rua e lhe pergunta as horas e você antes de deixá-lo terminar a frase você já corta dizendo "não tenho não". Eu sou as palavras que estão escritas no manual que orienta você. São orientações e você nem percebe que sou EU ali, naquelas palavras, falando com você.

Às vezes, você para e pensa um pouco e até diz que gostaria que EU lhe ajudasse, mas poucos instantes depois, agi como a semente que cai em terra seca e sem água, simplesmente não germina, porque não acredita e, isso faz com que você não busque seu objetivo. Você deixa de crer que, se tiver fé, poderia fazer coisas extraordinárias, que jamais pensava que fosse capaz de realizar.

Deixe-me fazer parte de sua vida. Antes que se formasse no seio de sua mãe, eu já havia escrito seu nome na palma de minha mão. Eu quero que viva bem e viver bem é viver em abundancia, sem se preocupar com o que vai comer, vestir, calçar, etc. É ter fé de que, com o objetivo certo, serás capaz de fazer qualquer coisa. Todos aqueles que se entregaram verdadeiramente a Deus (a MIM), tiveram sua parcela de contribuição na construção de um mundo melhor. Todos são os pequenos tijolos das paredes do reino que constitui o palácio e que tem um lugar para todos, um quarto mobiliado para todos. Este edifício existe e é livre para todos e ninguém precisa pedir para entrar.

Basta querer e saber enxergar o caminho de como chegar lá. Você precisa deixar *EU* entrar em sua vida, lembrando de quando possuía a inocência de uma criança bem pequena. Às Vezes, quando você acordava à noite, você me via a lhe cobrir e a velar por ti. Mas à medida em que foi crescendo, continuei ao seu lado a lhe cobrir e a velar por ti, mas você não se lembrou mais de *MIM* e pelo seu esquecimento, deixou de *ME* ver ao seu lado. Procure se lembrar. Esforce-se. Em todos os momentos que por algum motivo sua mãe ou seu pai demorava para te acudir, eu me aproximava e lhe acalentava, lhe acariciava, lhe entretinha e você correspondia com seu sorriso e com sua alegria, que despontava com um lindo brilho no olhar.

Sabe, por muitas vezes me sento nos bancos das praças ou paro pelas esquinas da cidade e fico observando as pessoas. Compenetro em seus semblantes cansados e tristes depois de um dia inteiro de trabalho, quando estão voltando para casa, dentro de ônibus lotados e sem lugar para descansar um pouco o peso da carga do dia acumulada no corpo e compadeço pelas suas dores nas pernas e em todo o seu físico cansado e, retribuo com uma brisa leve, que refresca o ambiente e seu rosto abatido. Protejo todo o seu trajeto e adentro o coração e tiro de ideia aquele meu filho, infelizmente criminoso, que tinha a intenção de atentar contra sua vida, que por seu livre arbítrio, vem se afastando de MIM. SOU assim, trabalho em silêncio. Minha ação por ti é por amor. Assim como o tijolo está escondido por detrás do reboco da parede, *SOU EU*. Zelo por ti, mas não fico me vangloriando, dizendo, "olha, fiz isso e fiz aquilo"!

Seja humilde, labute para poder ter com dignidade tudo aquilo que tiver por objetivo. Não passe por cima dos outros para conseguir alcançar seus anseios. Trabalhe com esmero e seja grato por tudo o que já conseguiu. Lembre-se daqueles que lhe auxiliaram a chegar no patamar no qual está. Eles também têm mérito no seu sucesso. Não seja arrogante com eles e nem os critique por não terem conseguido ainda. A vez deles também virá. Seja grato e louve por aquilo que já adquiriu. Não pense que, tudo o que lhe aconteceu, seja bom ou ruim, deixou de ter o aval de Deus. Em tudo EU me faço presente. Zelo por ti a todo momento, pois tudo é muito importante para

MIM. Tudo! Sua vida é um sopro de MEU espírito!

Encarecidamente peço que você procure se lembrar dos favores que Minha graça tem lhe proporcionado.

Procure fazer de sua vida um templo de MEU amor, onde todos que se achegarem a você possa sentir um perfume maravilhoso e que é capaz de invadir todo o ambiente. Tal perfume que exala de MEU coração purifica seu lar e sua proximidade. Deixe este perfume entrar e agradar os odores do seu lar, o lar vivo, de carne, de humanidade, seu coração. Deixe que o sangue flua em suas veias as dádivas purificadoras, deixe que irrigue todas as células de seu corpo com as vitaminas celestiais, abençoadas por *MIM*, seu *CRIADOR*.

Lembre-se também de *MEU* filho Jesus Cristo, que se humanizou, enaltecendo a pequenez humana tornando-a grande em *MEU* amor. Para *MIM* não existe maior ou menor, preto ou branco, escravo ou livre. Todos merecem *MEU* convívio e merecem beber das águas da fonte da vida, águas eternas que jorram sem parar e desaguam no mar de *MINHA* misericórdia. Não desejo que sofras mais. Já basta. O maior sacrifício já foi feito. Foi aquele que *MEU* filho fez, entregando-se humildemente na cruz sem sequer reclamar de algo. Tudo foi feito por amor e pelo zelo em velar por ti, para que definitivamente possa se apresentar perante *MIM* na morada eterna em busca de descanso.

Podes vir sem medo para junto de *MIM*, pois aqui existe descanso e alegria a todos que assim desejarem. *EU* não me lembro dos últimos cinco minutos de sua vida passada no pecado. O que anseio é que tenhas um coração contrito e humilhado, um coração desejoso de ter MINHA graça sempre em sua vida. Lembre-se: você é livre e eu não te obrigo a nada. Porém te faço uma oferta. Uma vida de amor, eterna, junto de MIM, onde as desgraças não atingem e onde os revolveres não têm poder de intimidação. Se quiseres, basta buscar encontrar o início do caminho que traz a MIM. Feche os olhos e enxergue com sua fé. Tenha fé e seja grato. A balança tenderá para o que disser seu coração. Onde estiver sua fé, ali estará seu coração. Pense.

Não tenhas medo do Demônio, pois a todo instante ele procurará te mostrar o que supostamente você estará perdendo caso deseje trilhar pelo caminho que traz até MIM. E mais, ele lhe mostrará a porta larga, das facilidades, da bonança, da festança, dos amigos fáceis e de tudo mais. E também lhe mostrará, mesmo que em sonho, que se você não segui-lo ele ter trará toda carga de maldades e inverdades em sua vida, destruindo tudo o que com muito esforço você construiu. Não temas! Lembre a ele o que o espera. Diga pra ele que você não está interessado em prazeres que passam, que são corroídos pela traça ou que são perdidos pela intimidação do poder de força. Lembre a ele do futuro dele. Diga a ele que você tem um *PAI* que zela por ti e pelos seus e, que jamais se esquece de nenhum de seus filhos. *PAI NOSSO* que estais nos céus, como ensinado pelo meu filho Jesus e que convida a estar com *ELE* em toda majestade, com veste esplendente de ouro de ofir.

Você é a obra mais preciosa que fiz em toda a obra da criação. Tudo da natureza é belo, mas você é rei e rainha. Você é minha imagem. Se és preto, sou preto. Se és branco, sou branco. Se és índio, sou índio. Se és amarelo, sou amarelo. *EU SOU* você e você *SOU EU*. És meu. Não te deixes abater por causa de nada ou por qualquer coisa. Lembre-se: estás gravado na palma de minha mão antes de todos os tempos. Não predestinei sua vida. O criei de *MIM* para que sejais livre. Mas *MEUS* braços nunca se fecharam para te receber de volta quando terminar seus dias onde está hoje. Pode terminar tranquilo. QUERO que vivas bastante nesta existência humana, presente que LHE concede. Tens toda uma história para construir e dar prosseguimento em minha obra.

Dê sua parcela de contribuição e seja um tijolinho na minha obra.

E mais uma vez, seja grato. Sua dor é

MINHA dor. Suas lágrimas saem de seus olhos, mas é de **MEU** coração que elas brotam, pois quando assim elas nascem, é porque seu sofrimento é intenso e **MEU** coração novamente é transpassado pelas lanças do egoísmo humano, fato provocador de suas lágrimas.

Não se esqueças de **MIM**. Estou aqui a falar com você através desta carta. Um pouco longa e o tempo vai transcorrendo enquanto lê, mas esta foi a forma física que encontrei neste momento para falar com você. **EU** estou presente em tudo, mas neste momento preferi conversar com você em sua mente, por estas palavras escritas. Pare agora e respire um pouco. Daqui a pouco podemos continuar a nossa conversa. Ok.

Capítulo 2

Pausa restauradora.

E aí? Descansou um pouco? Tens disposição para continuar a ler minha carta que escrevi para você? Se sim, vamos lá!

>>

EU vejo tudo o que acontece ao seu redor. Parece que *ESTOU* distante e que não faço nada por ti. Não é assim que funciona. *ZELO* por ti. Mas meu zelo é desgarrado, sem armadilhas ou segundas intenções. Não dou e logo penso em algo em troca. Dou livremente e não cobro nada. O que lhe ofereço é definitivo e na verdade fico triste sim, quando você deixa ao léo e não liga, mas ao mesmo tempo compreendo que és meu filho mais novo e assim precisa aprender a caminhar, a falar, a compreender que o verdadeiro sentido das coisas e da vida está no mais íntimo de seu coração. E a todo instante estou de braços abertos para lhe receber e, toda vez que se afasta novamente de perto de mim, caminho junto de ti, mas deixo que reencontre o caminho da graça. E quando assim o faz, toda vez, o céu fica em festa, pois é MEU filho predileto quem retornou depois de uma longa jornada perdido pelos caminhos da vida. E neste momento *EU* lhe troco as roupas e lhe visto a melhor veste que há e, em seus dedos coloco um anel de ouro, mas o ouro da vitória da Glória de Deus. Pois, mesmo que por um tempo estava perdido, depois de uma longa reflexão, resolveu voltar. E é sempre bem-vindo. O bom filho à casa torna. E todos são *MEUS* bons filhos e a casa está aberta para todos. Venha! Não tenha vergonha e não seja tímido!

DESEJO que você seja honesto e trabalhador. Que ganhes o pão com o suor de teu rosto. Não se sobreponhas por cima de ninguém. Cresça pelo seu próprio potencial e quando assim ocorrer, lembre-se dos seus dias de angústia, quando outrora era um desconhecido. Lembre-se que tudo o que conseguiu foi pela MINHA benção, mesmo que pelas dificuldades da vida tens dificuldade de acreditar nisso.

Sabe, já faz um bom tempo que ESTOU pensando escrever para ti. Na verdade, esperei muito por este momento e aproveitando que você está doando um pouco de seu tempo para MIM, mesmo que por curiosidade em seguir até o fim, as palavras vão sendo escritas de acordo com o sentimento que há em *MEU* coração.

À medida em que vou colocando em palavras, vou desagravando e, mesmo que pareça estranho, *TENHO* uma atitude de acese por ti e por assim ser, desejo que consigas realizar todos os seus objetivos. Para isso, é preciso que não se perca pelo caminho. Que tenhas fé e propósito. Ambos caminham lado a lado. Não se pode ter fé sem propósito e vice-versa. Os dois juntos são capazes de tornar o mundo um lugar melhor, reflita.

Vou te dar um sinal de minha presença. Sabe aquele dia em que não tinha nada mais para comer e seu pai disse para sua mãe que não sabia como iria fazer, pois não tinha de onde tirar o recurso? Você se lembra que a tarde veio um homem e chamou pelo seu pai e lhe ofereceu emprego? E assim que o homem foi embora veio a vizinha e convidou vocês para jantar na casa dela? EU havia orientado, em pensamento e no coração a atitude destas pessoas para que, mesmo sem saber o porque, mas inspirados, fossem até sua família e apresentasse o recurso que lhes faltava. Também tem aquela outra vez em que seu filho ficou doente e o médico não sabia a causa da doença. Os exames não davam resultado informativo e os remédios não faziam efeito. Mesmo assim, *EU* fui até o leito de seu filho em com um toque de **MINHA** mão o curei, absorvendo para mim a enfermidade e depositando nele minha graça. Acredite. Estou sempre contigo. Quer mais algum exemplo? Tenho vários. Acredite com seu coração e enxergue com os olhos da fé. Não sejas incrédulo. Estou no ar que respiras e na vida que tens. A Própria vida. Pense em seu corpo. Qual a lógica de um amontoado de gosmas e melecas, dentro de um recipiente cheio de órgãos? Como isso funciona? Tente fazer isso! Pegue um monte de meleca artificial e veja se consegue fazer funcionar. Muitos não acreditam e dizem ser uma lógica da natureza. Mas me explique a lógica da natureza? De onde ela tirou esta ideia? O máximo que consegue fazer é um androide artificial com fios e circuitos, mas totalmente isento de emoções, apenas lógica programada por alguém e, totalmente incapaz de tomar decisão por si próprio caso algo esteja em descordo com sua programação lógica.

Mas deixe esse assunto pra lá. Isso não vem ao caso. Apenas reflita e dê valor às coisas que possui e principalmente nos momentos que lhe são doados. Um único segundo é uma dádiva do **MEU** amor. Nada compra!

E mais uma vez insisto: você não precisa deixar de fazer o que está fazendo no dia a dia. Porém, não se esqueça de **MEUS** favores para com você. **ESTOU** presente quero seu bem. E volte seu coração para o seu interior e faça-se pequeno em humildade e ouça. Faça silencio interior e ouça seu coração. Busque estar onde EU estiver. Não procure onde pense que estou. Mesmo sempre em tudo e todos, tenho predileção por estar onde me querem, onde me deixam entrar. E estes lugares não são em edifícios de pedras. Nem nos lugares de multidões. Lá também ESTOU, mas, preferencialmente na mansidão, na humildade do olhar daquele menino esfomeado ou naquela menininha que brinca nas águas da enxurrada depois de uma breve chuva. ESTOU no médico a atender o paciente e no engenheiro quando desenha a ponte. *ESTOU* no padre e no pastor. *ESTOU* no enfermeiro e no professor. Na música, no instrumento e na vibração das notas musicais que saem das cordas do piano e do violão.

Pare e pense. Perceba! Esvazie sua mente e pense somente em *MIM*. Faça de mim seu baluarte e seu centro. Entregue-se totalmente ao meu propósito. A providencia virá e será capaz de alimentá-lo assim como acontece diariamente com os pássaros e com os peixes. Observe as aves. Elas não tecem e nem fiam, mas nenhum rei jamais foi revestido com tamanha majestade como a de um pássaro. Todos os animais da natureza vivem na simplicidade e não evoluíram a altura do homem, e são dominados pelo homem. A diferença é que você é muito precioso para mim, mais do que qualquer outra obra de MINHAS mãos. Não quer dizer que a natureza deixa de ser importante, mas você é minha imagem e semelhança e seu coração pulsa conforme minha MISERICORDIA. O que faz a sua máquina, ou seja, seu corpo, funcionar é o sopro de meu espírito, a centelha divina que vem de *MIM*, que parte de *MIM*, a fonte inspiradora que procede de *MIM* e o inspira a levantar-se do pó e a funcionar dia a dia e a viver. Vida! Sopro que vem de *MIM*! Uma centelha de vida que vem da misericórdia de *MEU* amor. Amor que não é egoísta e que deseja dividir com você as alegrias do *MEU* reino.

Capítulo 3

Venha deleitar-se nas fontes que jorram felicidade!

ESTOU finalizando minha carta, ok. SEI que já falei demais, mas, peço um pouco mais de atenção. Pode ser? Já vou finalizar. PRECISO muito desabafar e novamente agradeço por ME compreender.

>>

EU gostaria de lhe fazer um convite: após uma vida de muito trabalho, alegrias, decepções, tribulações, e muitas outras situações, que tal finalmente descansar? Mas descansar livre de preocupações com as que você está acostumado. Vai para a roça, mas não desliga o celular, fica de plantão o tempo todo aguardando alguma notícia e, que geralmente quando vem não é boa.

O descanso ao que me refiro é junto às fontes que existem em MEU reino. São águas que jorram infinitamente e desaguam no oceano da Misericórdia. Estas águas são límpidas e restauradoras e quem delas bebe jamais sente sede novamente.

Durante toda sua vida *TENHO* observado seu sofrimento e você é merecedor de descanso, por isso o convite. Faça um momento de auto avaliação e volte, sinta-se privilegiado por receber MEU convite. Se você chegou até aqui, é porque teve paciência comigo e me aceitou finalmente em sua vida. Poucos fizeram isso. A correria do dia a dia não os deixam dar tempo para MIM. É lamentável, mas tudo bem. EU os respeito. Em relação a você, sinta-se em casa e não precisa bater à porta, pode entrar e satisfazer-se das águas que lhe ofereço. E não precisa preocupar e ir embora porque em

MINHA casa, todos são bem vindos, pois são parte de MIM, são fruto de MEU coração, EU os amo sem limite.

Ao contrário do que alguns dizem, por qual razão eu destruiria o mundo? Vivem fazendo previsões quanto a isso. Esqueceram do acordo que fiz com a humanidade, quando no dilúvio, afirmei que nunca mais eu levantaria a mão contra a obra mais magnífica que criei. DEIXO livre para seguirem como desejarem, mas estou ao lado, para todos aqueles que quiserem vir a MIM e, que desejarem tomar das águas que jorram para a vida eterna.

Por fim, meu filho, agradeço pela disposição de tempo dedicado a *MIM* durante esta conversa que tivemos por meio das palavras que lhe acabo de dizer. Estou à disposição para lhe atender todas as vezes que precisar. Não precisa ficar acanhado. *ESTOU* sempre contigo e toda vez que precisar, pode contar comigo. *VELO* por ti e pelos seus irmãos a todo instante e que quiseres me ver já dei a dica. Feche os olhos para o mundo e me enxergue com o coração. Sinta-me em seu coração, assim como sua respiração, estou dentro de você e nunca lhe deixo só.

E se quiseres escrever para mim sua reposta a esta carta, fique à vontade e faça. Escreva com a tinta do amor e encaminhe a mim por meio do e-mail de suas boas intenções. *EU* recebo todas as correspondências e leio todas, com atenção e amor.

As portas de minha casa estão sempre abertas e as fontes que jorram para a felicidade também é para você, sinta-se livre para fazer uso quando quiser!

Com muito mais para você e com todo amor,

Subscrevo.

DEUS.